ISBN : 978-2-37209-144-2

Paloma Hermina Hidalgo

# FÉERIE, MA PERTE

*poème*

ÉDITIONS DE CORLEVOUR
MMXXV

*Pour Véronique Bergen*

Maman ! Blonde toscane, d'une paume ouvrière, tu boudes, un soir, l'aulne et le tremble, cisèles dans le pin quelques poupées de sang. Pupa ! Il n'est guère anodin, Maman, que ton art ait renouvelé la légende des dieux sylvestres, suscitant les premiers pantins. Des Pinocchias, Maman ! Des prune, des vermeilles… Pupa ! Pupa ! De si frêles, que je ne peux me défendre de les croquer. Les mauve, je n'y eusse osé toucher : des infantes, des madones, mignonnes qu'à chaque pas la fortune sollicite, promises à quelque gloire d'outre-bois. Certaines, je les suçote. D'autres, je les nique simplement (les presse entre mes doigts : voyez comme c'est facile). Les plus roses, je les déchire dans mon désir, pleure sur leurs grâces éparses. Leur babil en est la cause : ce qui fait la luxure des corps de nature boisée n'est que chuchotis d'indolence :

*O giglio giglio quanto sei crescente*
*Ricordati del ben ch'io ti vo' sempre*

Oh ! Ce castelet, Maman, d'un culte étrange... THÉÂTRE, dit sa façade, et ce mot cèle un cortège d'enseignes, tous les vices et maléfices du corps… Maman! Ta chambre! *Backroom* d'acajou; PolyPocket! ronces et volières en treillage; mousselines de bambous, de nymphéas violine ; et cette poupée aux yeux d'huître, exhibée à la clarté lunaire – *uno*, *due*, croupe qui tangue, fait crisser les cuirs, martèle sa cadence. Marie-Cyprine, qu'elle s'appelle. Gueule camarde, pétard onctueux des Ménines de Botero, doigts de mauve et d'or, pointés comme des griffes de sphinge – un de ses gants éclate.

Marie-Cyprine – tu sais ? – casse tout, perd tout, confond coquelicots et violettes. Or, la daltonienne n'a pas de couleur propre. Elle est réverbération du ciel. On la saisit dans ses fureurs, lorsqu'elle est blême, méchante : une couleuvre d'argent sur une flaque de sang. Marie-Cyprine… Tu sais, Maman ? Sa pâleur est lumière. Le soleil est son chien. La suit comme tu peux voir. Une autre merveille d'elle : Marie-Cyprine fait chaque nuit affûter ses tétines à la longueur d'une pointe de topaze. Nous eussions douté de l'éclat du jour, non de la pureté de sa gorge roussâtre, rêvant qu'une couche praticable apparût en quelque niche de ce boudoir – où tout coin deviendrait, par l'alchimie du sexe, l'alvéole d'un sérail. Sa paume, au soir, égrène sur ma langue amandes, pétales de souci. Mélange premier choix. Tisane des Florides. Eh ! Quel chic pays, Maman : le viol de la terre, lentes roches floridiennes pour y glisser dessus, dérive, basalte, orangers en larmes. Torpeur. Pleurs d'oisiveté. L'air qui les sécrète. Lotophages. On chie des jujubes. Fruits qui n'ont plus la force de. Pas de ciel où rattraper le temps…

*E cinquecento catenelle d'oro*
*Hanno legato lo tuo cuore al mio*
*E l'hanno fatto tanto stretto il nodo*
*Che non si scioglierà* né te né *io*

Oh ! Maman ! Notre castelet ! La bluette crépite dans ce riant petit enfer où Marie-Cyprine, singée en sa céleste aisance par Aqua, babille ses arias. Aqua ? J'y viens. Yeux lavande à fleur de tête. Tresse bleu renard, qu'étoile une aigue-marine. Sari cobalt, lestée d'offrandes – cocos, pitayas, sacrilèges de saphirs. Fleurs de mûriers en boucles d'oreilles. Et ce teint d'albizia que donne aux chairs la lassitude des grandes chaleurs. Je ne louerai pas son sein, quoiqu'une échancrure m'ait permis d'y lorgner. J'accoste la Pinochiette ; touche sa bouche semi-éclose ; mes ongles, loin de frôler le bois, reçoivent le baiser de lèvres enflées de fraîcheur. C'est ça, l'amour ? Ça, l'amour normal ? Sibyllin ? Oh, Maman. Lèvres baisées. Lèvres d'eau, baiseuses, baisées. Pommade ? Cire ? Hum. Miel d'eau. Aqua ? Elle m'attire, un soir, me bannit, me rappelle ; incise sur mon sein, d'un diamant brisé, les quatre lettres de son nom…

C'est à toi, Maman, que je dois ces prodiges. Si j'ai suivi tes leçons ? Si j'ai sué, nuit et jour, pour accroître ton empire ? À bloc. Jusqu'ici, ma mère, j'ai été *banana* : j'ai couru les pucelles, fait la petite coquette. J'ai été capitaine, aussi. Mon enfance narguait, chaque été, la sirène. Mes douze ans fiers et gauches, endurcis à la nage, salés ; bras meurtris de San Sebastian, pastel sous leur chair balafrée ; paume d'écuyère ou de mousse ; l'espadrille gluante, perlée d'escargots vides. Un lichen me cravatait ; ma brassière sentait la moule crue. « Qu'est-ce que tu feras de plus crade, ma fille, quand tu auras vingt ans ? » « Oh, je trouverai bien, Maman… »

Sache : je ne me flatte de rien, sinon d'avoir frôlé au passage des chairs obscures : telles cramouilles, qui, par vocation, sont comme la grasse prairie, le grenier d'abondance du mâle. Je n'ai guère approché, Maman, que ces poupées que d'autres disent bourgeoises, navrée que leur prestige ne les vît que décaties, soucieuses de remplir leur moule, lorsqu'elles n'outraient pas, pour m'éblouir, leur lumière de déclin. Désormais la vertu rentre dans mon cœur ; je ne veux plus foutre que pour du pèze. M'annoncer pouliche des beautés sur le retour. Jouer du fion à tant par mois. K'ching ! Tiens : une Pinocchia, que v'la, me patine la cuisse, m'offre la mollesse d'un buste abricot (tendre encore dans sa courte épaisseur), ses tétons larmoyant d'une nacre trop poivrée. Il y aurait trop à faire pour qu'elle rendît bandant son orgueil de pantin. Foin, je ne mouille pas. Elle me paie ; banco ; je la couche. L'excès de miel noiera, tout à l'heure, la courbe de mon nez… permettez que j'élude, ma mère.

Oh ! Maman, ma candeur ensevelie, mon enfance vacante aimaient, sans le savoir, l'enfance. Qu'il n'y ait pas eu, d'autres filles à moi, enseignement d'une vertu ou d'un vice étincelant, alchimie ou simple contagion, je m'en flatte le coco. S'il m'est arrivé d'espérer ? Un peu, ma mère. *Mais qu'aurais-je fait d'une vie qui n'eût été que roses ?* Sache : les pleurs me sont plus infects que la diarrhée, qui me tordent la gueule en losange ; je couine aussi mal, aussi laborieusement qu'un ogre. Oh… Je te chéris, Maman. Et ta sève femelle. Aucune alliance ne serre ton doigt ; tu as, d'une mère toscane, la tendresse inaltérable des lèvres parme ; et cet œil vairon, signe indéfectible de ta naissance obscure…

Maman. Tu sais ? À l'âge où l'on goûte les balades en calèche, petite, j'éprouvais une fierté à me déchausser, à sentir les dents des poupées mordre au sang la plante de mes pieds. Aussi, fatalement, Aqua m'apparaît sous sa forme putain, lèvre peinte, œil fumé, et je la suis dans ces geôles où s'arbore la misère. Maman ? Je veux être châtrée par la poupée, Maman, par la poupée seulement, parce qu'elle est l'autre, la boisée, ma carne inversée. M'écorcher aux nœuds du pin sans jamais fouir la chair. N'est-ce pas ce seuil qui me ferme l'accès de toute profondeur ?

Eh ? Tu me vois, Maman ? Accroupie, dans l'escarbille d'un âtre, je m'offre comme soubrette, camériste plutôt qu'enfant. Aqua : l'alluvion femelle et ses yeux d'eau furieuse : c'est là que la sainteté embaume, que le luxe est sans faste : corsé. Ou, dans un cachot, Marie-Cyprine en haillons donne son talon à baiser à une suite de fillettes ; les rayons du soleil, perçant la meurtrière, dardent ses guenilles comme les cordes d'une lyre ; elle les fend de ses doigts : chacun est, pour moi, une femme.

Ou encore – oh, Maman, l'image lancine – je gis, entre tes jambes, dans le hamac, lève mon jupon, d'une main, joue du martinet. Dès le berceau, Maman, notre amour hors de mesure n'a-t-il pas présidé à ma folie ? Oh… Rappelle-toi, Maman, ce hamac de chanvre. Ma peau, défendue, miellée, son odeur d'herbe-aux-faons, son agreste candeur sur les cordes… Puretés du sentiment, rares comme des dentelles, des rubis sur nos chairs. Et, Maman, ce soir de juin : par les bosquets tu fixes… ces crotales néons, basilics dardant la nuit, pulsations de phosphore sous le ciel embaumé. Féerie, ma perte.

Maman ! Tu te rappelles ? La Floride, aux jours d'été, s'emplit d'un parfum de miel. Entre les ficus nains, des plantes, rondes comme des cœurs, dodues : des agaves bleues ? Leurs tiges, sous les feuilles de cire, bourdonnent d'abeilles. L'été, ces ruches pleurent le miel qui s'écoule à nos pieds. Je t'aime, Maman, je t'aime comme le miel. Maman ? Tu sais ? Ce motel de Floride. Tendresse enclose ; calme suave, à peine rythmé de plis, où les fleurs ornant les murs sont des nymphéas placides, où règne une mélancolie charnelle, quelque chose d'une nostalgie face à l'aurore. Enchâssé dans un cœur, un œil-de-bœuf s'ouvre dans les voûtes, où montent, du fond glacé des miroirs, des poupées étoilées : Aqua, Marie-Cyprine, Muñeca Mia, Joy-Cerveline, Erosia... De tes créatures, Maman, le plus trouble réside dans cette quiétude d'où s'étoilent des lèvres, laquées par tes soins en caresses patientes. Le tout lunaire, onctueux ; rehaussé, çà, là, d'oxydes roses.

« Tu as des mains de fée, Maman ! » Oh ! Depuis longtemps déjà, tu réserves, pour la joie de tes paumes, les petites filles d'émail, foulées avec des soins étrusques, cuites « au biscuit », sous les souffles des fours. « Moi, des mains de fée ? Je malaxe, *basta*. Viens, un peu, que je te montre. » Et, n'attribuant ton étreinte qu'à un soin maternel – manière, dis-tu, de marquer ta tendresse –, je te retourne ton baiser avec toute la douceur que permet l'innocence… Dès le berceau, Maman, notre amour hors de mesure n'a-t-il pas présidé à ma folie ? Et toi, oh, toi, Maman, qui sais fuseler une cruche, et, sur la glaise, animer les elfes noirs, ourles mes lèvres de mille émaux…

Oh ! Maman ! Ton sourire las. Ton sourire de lèvres blanches : « Viens. Viens, Pupa, pétrir un peu ». Je lorgne l'argile et le tour, rêve de ciseler dans l'or la geste de Peau d'âne – et n'assouplis sous mon pouce idiot qu'un serpent ocellé de cœurs. Tu l'aimes ? Tu l'aimes, Maman ? Dès le berceau, Maman, notre amour hors de mesure… Et tandis que je malaxe, ton visage s'irise aux éclats du vitrail : ta peau d'ananas, tes tatouages de bagnarde, ta ferronnière, qui dut être celle d'une reine. Oh ! Maman ! Vise un peu ! Ça brille ! Là-haut, sous les cimaises – tes poupées rouges, tes fillettes corail ! Moulées par tes doigts, Maman. Qu'elles sont crémeuses, sous leurs nœuds d'organdi ! Leurs yeux ? Je les ai vus dans une rose, une nuit. Ils étaient faits de lune et d'eau. Perles frêles, qu'on chipe à la lumière – d'antan. Oh ! Maman ! Les mignonnettes ! Elles tanguent, là, là, comme cette rose, un soir, tanguait au ciel du puits. Tu sais ? Je languis, Maman, de te revoir à la lune. Quand, dis ? Quand, Maman ? Oh… Maman, dès le berceau, notre amour hors de mesure… Maman, qui mêle en tes mains aériennes l'or et la terre ensemble, songe, songe : je fais bien mieux avec les miennes.

Parlons lettrines, salope. Maman croyait noter, lorsqu'elle n'était qu'enfant, que certaines plantes ont une apparence de lettres, que le vent frôle les herbes comme la main l'alphabet. Toute sa vie, elle s'« enticha » (c'est son mot !) de la proximité qu'on peut éprouver par la voie d'un pétale entre la vie la plus instinctuelle et le signe. Moi ? Moi, ma belle, dans la moiteur du castelet, sur une fraîche bergère de skaï, je traçais en couleurs telle ou telle lettre dont l'herbier maternel me fournissait l'image. Tantôt, j'élisais l'un des ces asters à forme scorpionne, tantôt j'alliais une espèce à une autre (baroque, mais non improbable), colorant l'hybride d'anomalies bleutées.

Vois ! Vois, *baby doll* : l'aube, parmi les pantins, projette ses feux sur la cruche à facettes emplie d'eau teintée ; ta jeune pute, cependant, trace de mauve la panse ocellée d'un G ou le fût d'un A, et dans l'ivresse du recueillement, toisant son humide alphabet, ses lèvres se gorgeant, mimant l'écarlate « fleur à bisous » (*hooker's lips, darling*) d'Aphrodite sa mère.

Vois, poupée : ma nuisette s'échancre ; tu lorgnes jusqu'à ma croupe arrosée de parme, quand, d'embarras, nous jouons avec l'eau. Rien dans les plates délices de l'été naissant n'eût pu te faire présager cette joie pubescente, cette *navrance* du désir. Et la langueur qui prend mon pinceau révèle seule la chaleur croissante de ton câlin – *dodo, l'enfant do*… Or, moi, la belle au bois, poursuis ma fleur : la fleur mirifique qui singe un paon-du-jour, qui, à son tour, singe un papillon citron. Eh ! Cette fleur, poupée… Elle aurait de tes traits, si elle ne les altérait pas ; mais, ce pourpre… Qu'on m'excuse : elle n'a ni ta grâce, ni tes couleurs (crois-tu qu'à ces mots elles n'augmenteront pas ?)

*Andiamo !* Ni une ni deux, ma garce, tu plonges sur la bergère ; sans m'amuser à la bagatelle, je t'amignonne ; te v'là au pillage. Je trouve un buste d'insecte, annelé noir-orange dans sa guêpière d'Halloween (c'est ainsi que les Celtes, dis-tu, représentaient la mort) ; une motte en coupole, et la plus belle petite tresse rousse, qui n'est pas celle du cou… « *Knock, knock.* » « Qui va là ? » « *Io*, bébé rosière… » « Et que veut-elle ? » « *Chut…* » *Forza*, ton cul bat la mesure et ton con la chamade… Prestige : ma croqueuse est étroite… l'entraille si suave qu'on peut en fourrer des choux à la crème. *Avanti*, putain, j'enfonce jusqu'au bracelet… Oh ! *Baby doll* ! Ton jean-cyprine de trou chuinte comme on braille : « Gloire à *Chésus*, Pupa : où que tu vas comme ça, *sourette* ? » : « Aux sources de Lourdes pour des siècles et des siècles – amen. » De la bergère, badaboum ! nous tombons au sol – et de la vie, je crois, on n'a vu pareil carrousel.

*Suis-je encore, oh baby, ton idole ?*
*Ta Baby, Baby, Ba-Baby Doll*
*Suis-je encore vraiment, baby, ton idole ?*

Parlons romance, *baby*. Si tu n'avais pas eu d'autre espoir que de soulager (n'importe la manière) tes ardeurs de pute, si la tendresse n'eût été pour rien d'autre dans ce castelet, tu te se serais arrangée de l'abjection de ton désir. Mais tu es altérée, Aqua. Altérée : celle qui a soif. Celle qui désire. Ouais. Mais altérée, aussi, l'enfant lésée dans sa plénitude. Exotique à sa chair. « Alter » : l'autre, celle qui manque. Te voyant à mes souliers, Aqua, j'enlumine ton front dévot de deux coups de brosse lilas, y marquant un triskèle. « Chut… Aqua… Et maintenant dors. Dors, belle au bois, je poursuis ma fleur. »

J'en étais là, quand un soir, sortant du castelet, je longeai la mangrove. Maman, rappelle-toi. Miami, Coconut Grove. Notre amour hors de mesure… Rappelle-toi, Maman, caresse par caresse, nos soirs à la « Venus Villa ». Toi : un soupçon de rose donne à tes lèvres l'air chagrin des poupées – contraste de ta beauté vivante quand, gaieté ou gourmandise, tu m'offres les joies pourpres de ta langue. Oh ! La pointe de ton sein, Maman, térébrante.

Moi ? Nu-pieds, vêtue des plis qui vont aux princesses, je joue entre les dentelles, drape l'organza de ma jupe. À ma guise, sous le lustre bohème, tu vides une écuelle pour l'emplir de groseilles, suivant les tons vifs des océans et, en paysagiste, l'éclat de la saison floridienne. Rappelle-toi, Maman, cette sorbetière, au sol, dont tu tires la glace, laiteuse dans son cône d'or ; et puis l'abricot, poché dans l'eau brûlante, la fraise, la menthe, mêlées à doses translucides ; orange, rose, anis, sur nos langues, fondent en levers de soleil. Soif en gorge, tu m'offres de partager un thé ; en satures deux tasses ; y verses deux ou trois mûres. Je goûte, ris de ne rien sentir – ma langue, à coups d'angelot pressé, léchouille : arôme, net, fou, d'épices roses. Y séchant d'un mouchoir les jets d'eau chaude, tu cajoles, baisers secs à la file, mon pied nu. Ta pommette, Maman, se cisèle aux couleurs des pampilles. « Danse », que tu me dis. « Dans tes rêves ! » « Danse, Pupa. Et je te paye des grolles. » Au plafond : cet œil-de-bœuf où brasillent des enfilades d'étoiles. Voie lactée en enfer.

Et je sens dans ma gorge, tandis qu'y coule le thé, un goût étoilé. Au cœur, une docilité lâche : « À talons, les grolles ? » Poudre de riz, fard cobalt, j'avance vers l' « atelier » : çà, là, des pantins de bois, crânes de poupées perruquées, qui, à même le sol, écoutent le chant propagé par les basses. Saignées fléchies, mes nerfs se tressent. Je chancelle, lape, à mon pied blessé, sang, thé de mûres – l'eau coule, bleuâtre, sur mon caraco. Et tu pleures, Maman, dans la nuit pétrifiée – ta main va, viens, sous le leurre des étoiles. Je suis, auréolée, l'idole païenne d'un ciel renversé.

Eh, là… Tout doux, poupée… Oh… Ta nuque, ton coude… Là ! Ça grince ! Du sable dans tes attaches. Le soleil t'ouvre les jointures. Là, là… Tu crisses, idole muette, Séphiroth au yeux pers… *Piano*, chérie… Oh… Ton bois ? L'essence la plus désarmée du cosmos. Des membres de pin, disait Maman, de frêles parodies d'enfants, mais sous cette forme, Pupa, garde-toi d'en rire : la matière ne badine jamais. Vrai, Maman. Eh ! Qui pense ici qu'on tripote la matière, ses nervures, ses veines, ses nœuds, qui pense qu'on lui donne tel corps par boutade et que cette blague ne va pas croître en elle, la consumer comme un sortilège ?

*O giglio giglio quanto sei crescente*
*Ricordati del ben ch'io ti vo' sempre*

Marie-Cyprine, Aqua, Missy Gougnotte, Joy-Cerveline, Dolly-Brebis, Muñeca Mia… Vous dirai-je ma faiblesse ? J'aime foutre, mes belles, et sacrifie chaque aube à vos dahlias gluants ; jour, nuit, jour, profusion qui touche à la folie, et qui eût écourté nos jeunes vies si l'été, qui nous apparut d'abord comme la promesse d'un océan sans crêtes, intarissable de turquoise, n'eût laissé transparaître quelques mâles appétits. Que serait-ce donc, mes belles, si je peignais ici l'amour des mecs ? l'émoi qu'exercent en nous leurs boudins bondissants ? les ruses pour faire sangloter leur zob ? Pouah ! Que serait-ce, mes chattes, si, campant mille scènes de l'Arétin, je vous effarais de l'audace qu'une *baby doll* y puise ? Non, vous m'accuseriez de stupre… Vrai, mes douces : j'ai quelque sujet d'en prendre. Hier, déjà, on chuchotait ; le conseil des poupées s'était réuni ; on glosait sur tel papy *hardeur*, qui (*presto* !) voulait qu'on contentât ses goûts et ses désirs.

N'allez pas me croire gougnotte : *nein*, la pine m'égaie ; une joie d'androgame, qui fait ma nature double, me rend l'âme des bordels. *Mytilène, trop petite isle* ! Tenez, pour la rareté du fait, je veux vous peindre ce manège. Figurez-vous notre castelet. Sous un linteau de chêne, vingt poupées s'irisent aux chimères du vitrail. Vingt poupées, bleues, rouges, se mettent nues comme la main. L'une, Epona, la blondeur tétonnière, dure, bien tournée ; la croupe paysanne, point trop d'entrailles, le montoir aisé, la patte fine comme d'une pouliche, le crin fauve en cascade. Ces appâts n'ont pas seize ans ; *ergo*, la chose est très foutable. Une seconde, Dolly-Brebis, paraît une ouaille sous un gentil serre-tête… Une troisième (son nom m'échappe), *kohl*, lipstick Chanel et boa d'autruche bleue, des dents que rosit l'*ambrosia* de tulipes, de lourdes ailes ocellées de jaune…

Par le cul de Dieu ! Que devins-je au signal donné ? Chacune agrippe sa chacune : le premier temps un branlement général (mère ! je me branlais *idem*) ! Mais comment vous peindre vingt marionnettes qui déchargent ? Une goulue bâfre le sérail à la ronde, quand deux ménines tiennent la langue (et glou et glou) dans le con de l'autre ; une troisième, hop, s'enfile un poivron vert (pas de piment, dit Maman) ; une autre lui glisse dans le cul un ananas plastoc' ; la cinquième les gamahuche *in petto*… Entre le ministre aux armées. La soixantaine pansue, il n'aime que les tendrons ; le duvet même d'un con sirupeux, qui commence à fleurir, l'écœure. En vain nos doigts follets besognent son artillerie ; débile soldat, il pleure au seuil du tank que son vieil ongle a fatigué ; y fourre-t-il son prépuce qu'il fuse en pluie perlée… Joy-Cerveline a l'idée de le violer. On le troume. On le claparte. Mais on ne le démiochera pas : il y aurait trop de chichis. Le vioc est pollué dans la raie – *flic, flac,* cyprine à son croupion. Tout près, l'évêque hollandais porte la queue d'un nabot, roustons à peau d'onagre comme une couple d'œufs… Quoi ? Vous rougissez pour lui ? Taratata ! Il sera mitré, mes filles ; crossé plus encore. Monseigneur a la goutte ; c'est l'étiquette ; au reste, pasteur mirifique, laid comme sa pine, mais parlant bijoux. *Pschitt gling* : chaque giclette présageait un diamant. Ma foi, sous peu, nous fûmes opulentes. Un soir, donc, que notre Crésus s'excite du sermon, j'entre en chapeau-cloche et lavallière, l'air hagard comme une soubrette qui cherche condition. Oh ! Voyez Pupa qui tortille du pénétralium ! Pupa ! Gentille Pupa ! Livrée à son éminence, elle me tourne le fion, c'est la marque d'honneur ; tout de go, je m'offre au diable.

Voyez : deux ordres de fouteries l'amusent, et comme j'en suis l'autrice, je veux vous les camper. Après trois coups de cravache (il faut bien, mes sœurs, que le nerf s'attendrisse), on prend notre évêque, le couche en diagonale, courbé ; puis, passez le bras droit dans le vide que sa posture, fatalement, créera ; notre paume talquée viendra fleurer l'anus ; *natuurlijk*, notre Père en Dieu sera foutu en levrette ; mais sa tête inclinée sur la nôtre nous fera lui tenir langue en bouche, quand la main gauche décalottera *voorzichtig*... Au nom de la sainte obédience, on l'encule d'importance : l'absolution, toujours, se donne à coups de concombre. Oh ! Il serait fat de dire qu'avec Pupa, tout mâle découvrait l'angoisse, l'*ogon*, l'agonie de la réalité. Savez, mes sœurs ? À la honte des Nations, il n'y a pas de Nobel pour celles qui baisent le mieux ! Tous vos chimistes, tous vos poètes, eunuques croulants, bas-bleus qui manquent de chatte, ont des médailles... tandis que j'use mon derche sans fruit, sans prestige. Vos livres, vos livres à la con ! Eh ! L'Académie ! Si au lieu d'un Goncourt on eût élu chaque année une championne en branlade... Que me foutent à moi mille tomes de babiole en papier vélin broché ? Mon œuvre est un cul ; je le compulse *in extenso*.

Oh ! Maman ! Je ne pus rien trop goûter de mon évêque, que le pouce de son pied, et, la toute première fois que je le suçai, il me manda au moment qu'il déchargeait de jeter un œil par la fenêtre à laquelle ses mains s'agrippaient dans les pulsations de sa joie : sur l'allée du jardin, tu épiais, Maman, sautant à la corde. Tes incursions se répétèrent trois ou quatre fois, et, chaque fois, tu lorgnais davantage, tantôt cueillant un pleurote que tu feignais de croquer, tantôt grimpant au juchoir pour y gober des œufs. Tu biglais tant nos jeux que Monseigneur et sa suceuse, dans la pardonnable cécité du bonheur, surprirent à peine l'instant où tes yeux hindo-hypnotiques apparurent derrière le vitrail. Tu fus toujours là, Maman. Dès le berceau, Maman, notre amour hors de mesure…

Eh, copines ! Toute fille qui s'interroge sur la *vietralalalala* ne peut, à un moment ou un autre, éviter de se demander si Maman existe. L'étude des maths ne nous enseigne-t-elle pas que les matrices idéales subsistent malgré le temps qui passe ? Signes d'une vie de l'esprit malgré la corruption des chairs ? Tu dis, copine ? « Si Maman se dévoile par la pensée, cela ne risque-t-il pas de donner trop d'importance à l'intelligence des poupées ? » Non. Considérons, ma sœur, l'idée de Maman : nous en concluons son existence. Pourquoi ? *Because*, corniaude ! Qu'on imagine un être tel qu'il n'en existe pas de plus haut. Un être qui comprenne tout. Il comprendra en lui la notion d'existence. Maman étant l'être le plus achevé qui comprend tout… hop ! elle comprend en elle la notion d'existence. Songe, coconne : Maman n'est pas une idée comme une autre. Elle est plus qu'une idée. Ou bien c'est que l'on n'a pas pensé.

Ah ! Vois, ma sœur, l'imperfection dans le monde des poupées ! Franco : si l'univers s'était créé lui-même, il serait parfait. Moi, j'aurai les miches d'une bimbo… pis, la croupe callipyge. Donc ? C'est d'une cause hors du monde que procède notre monde. Dans une fresque foldingue, comme une cathédrale, notre castelet s'ouvre sur le ciel.

Je te chéris, Maman. Ton infini est partout et nulle part ; infiniment petit et infiniment grand. Coïncidence des atomes. L'œil dans lequel je Te vois est le même œil dans lequel Tu me vois. Mon œil et Ton œil sont un seul et même œil, une seule et même vision, un seul et même amour. Je te chéris, Maman. Et ta vulve de conte. De sorte qu'attachée à ta vanille et au culte de sa gousse, je garde malgré tout mon honneur. Pourvu que, de son propre sexe où suinte l'acte divin, dont il est le vestige et l'ombre, ta fille, par son cœur magnifié, s'élève à ta lumière.

La vérole sur ta gueule, Maman ! Démiurge-putain ! Au fion ! Poupée, me v'là, dépouillée de ma forme humaine, enfermée dans ma prison d'écorce. Eh ! Vous, là ! Comprenez-vous la barbarie du créateur ? Vous ! Connaissez-vous la sujétion, nouée dans le bois d'une poupée, qui n'est qu'un fantoche modelé par le sadisme ? Entendez-vous ces filles de bois couiner dans leurs castelets, le chœur grinçant de leurs attaches, quand le sable s'y loge ? Oh, songeait Maman, nous voulons créer la femme une seconde fois, à l'image du pantin : sa densité, passive et mystique, l'enclore dans le jeu du sexe… Eh ! Prenez n'importe quelle frimousse faite de pin ou de tremble, sculptez-lui la bouche en O, faites-lui pour toujours cette béance, cette aveugle succion. « Pourquoi, Dieu, pourquoi ? » L'enfant rit. *Bravo ! Ben fatto !* Pleurez, vous, devant la douleur du golem !

Poupées, venez en armes ! Ban et arrière-ban ! Qu'on sonne du tambour à l'entour du castelet, qu'on déploie l'oriflamme. Crève, Maman ! Crève ! Aqua, cheffe de l'avant-garde, groupe tes arquebusières ! Marie-Cyprine : à l'artillerie sois commise ! L'arrière-garde ? Missy Gougnotte, prends-là ! Au premier corps de bataille, Joy-Cerveline siégera. Pièces de bronze, basilics, serpentines, couleuvrines, bombardes, fauconneaux, gros canons : crève, Maman, crève ! C'est moi, Epona ! J'enfourche mon Petit Poney ®, sa chair plastoc frottée de paillettes d'or. Hoplà ! Sur la croupe (une pure lady) frappant de la paume la selle ! Moi, moi, Dolly Brebis, j'agrippe mon bâton de bergère, qui est de cœur d'acacia, long comme une allumette, rond à plein poing ; hihi ! j'en rouerai Pupa, à tort, à travers, selon la vieille escrime. Et moi, Missy Gougnotte, visez mon couteau de dînette ! Avec, vaille que vaille, je fendrai sa mâchoire, que ce plastique laboure, cisèle les esquilles, la pulpe des gencives, les restes de l'émail. Et Moi, Aqua, l'écorchant d'un ongle par le nombril, je lui ferai sortir les tripes, percerai l'intestin à travers sa chatte.

Vous, mes sœurs, qui, de toute mémoire et antiquité, aviez gardé déférence à Maman, quelle tare vous pousse, maintenant, alliance brisée, tendresse foulée aux pieds, à défier sa fille ? Votre ferveur avait tant empli le ciel qu'il n'y avait guère de pantins qui n'aient brûlé d'y entrer. Mais, ô, vos séditions… Couillonnes, ces outrages resteront-ils cachés aux esprits éternels ? Où est la Foi ? Où est la Loi ? Pensez ! Toutes choses, sœurettes, viendront devant votre jugement. Oh ! Si les astres, la fortune l'avaient décidé, et si vos joies au castelet devaient prendre fin, fallait-il que ce fût en tuant Sainte-Pupa, l'icône par laquelle vous jouissiez ? La chose est tellement odieuse au sens commun, qu'à peine peut-elle être conçue par l'entendement des femmes. Belles, j'ai satisfait vos chairs ; si Maman et moi, nous avions fait quelque tort à vos grâces, si nous avions blessé votre nom et votre honneur, ou, j'en tremble, si l'esprit calomniateur, tentant de vous enjoindre au crime, avait par des allusions traîtresses mis dans vos caboches que nous avions fait une chose indigne de notre amour, vous deviez vous enquérir de la vérité, puis nous en blâmer – et nous aurions comblé vos désirs.

Eh ! Quoi ! Sera-t-il dit que les poupées se sont amollies dans les douceurs du sexe, au point de ne pouvoir défier le soleil, la faim, les périls ? Oh ! J'ai fait de si beaux rêves d'indigence et de liberté au sein de cette luxure qui nous subjuguait ! Et voilà que Joy-Cerveline s'effare dès les premiers pas ! Qu'Epona voit ses sabots s'empêtrer parmi les tapis ! Et toi, Marie-Cyprine, voilà vraiment une jolie tsigane, qui n'est bonne qu'à glapir dans les boudoirs, branler sur du velours, suçoter en calèche ! Oh, toi, vaine Aqua, qui lampe, à chaque mètre, aux petites fontaines des couloirs pour y puiser tes forces, n'est-ce pas là le métier pour lequel tu es née : *oser, courir, pâtir* ? Par la fenêtre, toutes ! Fuir ! Abdiquer ce castelet. Ses joyaux seraient notre mort.

*Aïe dirildira !*
*La vie est opéra !*
*On peut porter des hauts-de-forme tout droits*
*Décaniller sur de beaux palefrois*

*Aïe dirildipsi !*
*À nous la vie gypsie !*
*On peut entendre sonner minuit*
*Sans plus tringler en belles-de-nuit*

Chut… Au commencement était Maman. Et Maman était avec Dieu. Et Maman était Dieu. Oui-da. Toutes choses ont été faites par elle. En elle était la vie. Et la vie était la lumière des poupées. Et les ténèbres ne l'ont pas reçue. Mais à toutes celles qui l'ont reçue, à celles qui croient en son Nom, elle a donné le pouvoir d'être poupées de Dieu, lesquelles sont nées, non de sang, ni de la volonté de la chair, mais de Dieu. Poupées de Dieu ? Je vois, moi, une foule de gonzesses qui tournent sans repos sur elles-mêmes pour s'offrir de petits plaisirs… Qui consentent à leur joug ou plutôt le pourchasse. Il y a une seule chose que les filles n'ont pas la force de désirer : la liberté. Elles la dédaignent, parce qu'en la désirant elles l'auraient.

La vraie nature des choses, c'est Maman. C'est elle qui a créé le castelet en six jours. Son trône était sur l'eau. *Ergo* ? La poupée doit être en elle-même. Et cette Une, il faut qu'elle aille le chercher en elle-même et dans l'Une ; il faut qu'elle le reçoive dans l'Une.

*L'Une avec l'Une*
*Et l'Une de l'Une*
*Et l'Une dans l'Une*

Oh ! Rappelle-toi, Maman : Miami, Coconut Grove. Rappelle-toi, la mangrove. Tu me mènes en calèche. Sous le dôme de soie : cocotiers bandés vers le ciel. Maman, Pupa. Deux sœurs. Mêmes parures : colliers de plumes, médaillons, amulettes. Mêmes robes : dans leurs plis, un soupçon de taffetas, des oiselles brodées au plumetis – une guipure les contourne à cache-cache, s'achève sur le côté en soie verte. Oh, ta peau, Maman : pulpe des poires ambrées. Bientôt, la plage : un monde nimbé, purement, dirait-on, charnel. Une terre de rives qui, l'été mourant, bleuissent. Ses arbres ? D'essence imprécise, semés à la lisière d'un arc : ciel, sans doute, vague horizon. Où ferraillent l'ocre et le parme ; où les rives sont truffées de bêtes, entre chair et pierre. Rien de net : des formes estompées, des couleurs mouillées d'embruns. Oh… Prendre, dans une sueur obscure, la moiteur des sables, que paissent des boucs, d'une race noire. « Oh ! Regarde, Pupa, les chèvres qui s'aiment. » J'épie, vierge encore de cette tendresse : une chèvre, langue à terre, barbe fauve ; une seconde, encolure basse. Puis, rotation des cornes, du mufle, saillies musquées : la première terrasse l'autre. L'œil roule dans sa cornée blanche. La bête se cabre, lance des ruades, s'effondre, au hasard des galets. Je crie ; ce cri, il me reste dans la gorge, râle, qui n'est qu'à peine une voix – et ta paume muselle mes lèvres. « Pas couiner, Pupa… »

Chaleur claire. Crue de moiteur. À bas de l'arbre, tu t'allonges. Et je m'allonge aussi, chatte docile à sa mère. La lumière creuse nos empreintes, nos ombres. Oh, Maman, je ne veux pas d'autre été que celui-ci, étendus, gisantes heureuses, sur ce sable abricot, nos chairs s'imprimant de la torsion des algues. Oh ! Regarde ! Maman ! C'est quoi ? À mes pieds, ton carnet : des poupées, une, deux, leur douceur technicolor. Oh, Maman, le joli dessin ! « Et moi, Maman ? Tu me dessines ? » « Pas de crayon, *darling*. » « Oh ! Avec ton doigt ! Dans la gadoue ! » Mains fouillant la tourbe, tu esquisses mon portrait. En signature, ce mot : P + M = LOVE. Ténuité de l'aveu où les lettres s'embrouillent dans l'opacité des sables, la tendresse ne pouvant être, entre nous, purement transparente. L'eau crépite à tes paumes – clapotis dans l'aigu, dans les basses. « Vire ta robe, Pupa. » « Moi ? »

Je plaque mes mains sous mon torse, comme si cette défense le dévoilait. Tu restes bouche bée ; la crainte, peut-être, d'un sentiment hors de mesure. « Enlève, Pupa : pour le dessin. » « J'ai froid. » « Dix minutes max. » Mes entrailles s'ouvrent. Joie fugace, comme importune. Et tout rentre dans les ténèbres. Ne reste qu'un vertige ; celui qui suit les rêves, et dont le corps garde, longtemps, la morsure. Au loin, Miami, Coconut Grove : lacis de plages, épaisseurs veloutées ; union d'éléments, mer, terre, ciel, figurant une éternité sans hommes ni bêtes. Ça brunit vers l'Ouest ; la côte monte vers l'océan ; l'entre chien et loup s'étale, le crépuscule allongé d'heures prune. Oh ! Maman ! Un croassement. Un autre. Puis rien. Maman. Puis rien.

Ô Maman, que j'ai rendue témoin du pouvoir de mes charmes, détruis, en me changeant, cette beauté qui cause notre luxure…

Oïe ! Qu'est-ce que… Maman ! Mes yeux s'égarent ; le sang boude mes veines ; ma peau blêmit. Kézako ? Une matière m'enlace jusqu'aux reins. Je veux fuir, mes pieds s'attachent aux planches ; je veux détourner la tête, mon cou refuse : tel, si son pied s'est engagé dans les lacs d'un chasseur, l'oiseau se débat, et par ses secousses, ne fait qu'affermir ses liens.

Va, Pupa, deviens bois.

Aïe ! Mes sœurs ! Aïe ! Je cherche où sont mes hanches ; je ne vois qu'un tronc ; je veux frapper mes cuisses, et ne frappe qu'un bois sec ; on prendrait mes bras pour rameaux… ce ne serait pas se leurrer. Maman ! Mes sœurs ! Mon corps s'endurcit à la honte.

Oh, toi, Pupa, bébé-pute, tu rampais pour des étrennes : aigues-marines ; saris lestés d'offrandes – litchis, pitayas, panières de saphirs… Crinolines de vair, corsets topaze, fleurs de fraisiers en boucles d'oreilles… Comme si j'eusse pu ne rien gagner qui fût à moi, n'étant pas à moi-même.

Corniaude ! Toute gamine voit reluire les bijoux de Maman, et fixe, abêtie, les rayons de sa vigueur. Toute gamine, captée par cet or, épouse la flamme. Ainsi la nymphe (comme disent les contes anciens), voyant pâlir le feu de Prométhée, le trouva si beau qu'elle l'alla baiser et mourut. Encore Maman, il n'est pas besoin de la braver, il n'est pas besoin de la défaire ; elle est de soi-même défaite ; il ne faut trop rien lui ôter, mais ne lui donner rien. Celle qui nous cravache n'a que deux mains, n'a que deux seins, n'a qu'un derche : n'a autre chose que ce qu'a la moindre femelle du nombre infini des castelets terrestres, sinon l'avantage qu'on lui fait pour nous dompter. Et d'où a-t-elle a pris tant d'yeux dont elle nous lorgne, si nous ne les lui donnons ? Les pieds dont elle foule notre blondeur, d'où les a-t-elle si elle ne les prend de nous ? Et comment a-t-elle tant de paumes pour nous gifler ? Oserait-elle me violer, si Maman n'avait intelligence avec moi ?

Mes sœurs ! Puissé-je tomber sous la hache, être la proie des flammes ! L'écorce joindra, sans votre secours, mes paupières. Poupée ! Je ne serai que poupée ! Je lacère ce bois, tiède encore, baigne de larmes sa sève. Marionnette me v'là ! Animée par sa mère. Oh ! Maman, je te chantais ; il fallut que par ton art l'écorce d'un arbre vînt me transir les lèvres. La dureté de ton cœur, Maman, infecte ma chair.

Maman, il n'y aurait qu'à sauter. Par la fenêtre, toutes ! Je n'ai pas peur, non, du linteau de mousse noire, de l'embrasure évidée dans l'amas des saphirs, pas peur non, des ronces nues, des mortels sous le ciel en fuite, pas peur, Maman, de cette liane de muguet, glisser, mes sœurs, la longue soif d'aurore, avant, arrière, berceuse rompue à l'âpreté des pierres, joyaux diaprant notre fugue, mes paumes de bois cherchant les plantes, avant, arrière, tanguer contre leurs corolles, pas peur, non, de cette chute florale, qu'il n'y ait plus rien après que la chair ; tu t'encadres, Maman, haute comme la nuit, sous des voilages d'or frêle, foulant aux pieds les gemmes, sacrilège de topazes, tu regardes, d'en haut, ta poupée, la porcelette des castelets ; tu lui tends, de loin, une rose ; ma paume la prend ; l'autre garde, comme un pétale, la tienne : la sève coule.

Du sang ?

Du sang, ma mère ?

Remerciements

L'auteure remercie les revues *Edwarda* et *Possibles*, qui ont accueilli des extraits de ce texte.

*Féerie, ma perte*
recueil de Paloma Hermina Hidalgo

a été imprimé à Venise
par Grafiche Veneziane
le 21 mai 2025
pour le compte des Éditions de Corlevour

Six cents exemplaires constituent
l'édition originale